學 英文
不用背

QR碼行動學習版

師訓名師 **Dorina** 楊淑如 老師 / 著

不用背 **本書教你輕鬆「記住」**
創意式音標教學，刺激最震撼、印

記憶口訣
用簡單的一句話讓你馬上記住音標！

使用說明 ▶▶▶▶

發音指導小祕方

老師教學多年的獨門發音密技完全公開，
不用看複雜的口腔圖及軟顎、牙齦等專有
名詞的描述就能發出正確的發音！

音標律動

跟著 Dorina 老師錄製的律動mp3一
起唸，保證輕鬆記憶不會忘。

音標！
象最深刻、永遠不會忘！

自然發音規則講解

將符合此音標的自然發音規則簡單列出，一目瞭然、輕鬆學習。

聽RAP記發音

將符合自然發音規則的單字以Rap方式呈現，用聽的也能同時將發音跟單字一起記住。

趣味練習

運用各種不一樣的趣味練習，不但可以讓你再學一次，還可以達到測試的效果喔！

3

contents
目錄

長母音

雙母音

有聲子音

contents
目錄

有聲子音

無聲子音

常見音標組合

[æ]

★ 001.mp3

記憶口訣

蝴蝶飛舞 [æ] [æ] [æ]

蝴蝶飛舞 [æ] [æ] [æ] 先寫2
拉到右邊 往上轉一圈 下來打勾勾

發音指導小秘方 輕輕鬆鬆就能發出標準漂亮的英文發音

小朋友，現在我們來玩一個遊戲！大家試著一邊保持微笑，一邊輕輕的咳嗽，一邊很短的唸ABC的「A」，怎麼樣？是不是發出一個又短又像唐老鴨的怪聲？這就是 [æ] 這個音標的聲音喔！

這是 apple[`æpl]，不是「阿婆」，不要唸錯了。

發音為[æ]的字母有：A

a [æ]　字母 a 夾在兩個子音中間，a 唸成 [æ]

1

mat 地墊

2

map 地圖

3

bat 蝙蝠

4
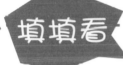
rat 老鼠

填填看

你知道下面的單字怎麼唸嗎？請將本課所學到的音標[æ]填入空格中，就可以完成單字的拼音哦！

1

地墊
mat [m＿＿t]

2

地圖
map [m＿＿p]

3

蝙蝠
bat [b＿＿t]

4

老鼠
rat [r＿＿t]

[ɛ]

★ 002.mp3

3顛倒了 [ɛ] [ɛ] [ɛ]

記憶口訣

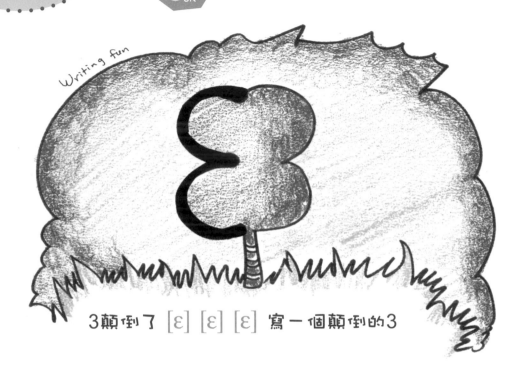

Writing fun

3顛倒了 [ɛ] [ɛ] [ɛ] 寫一個顛倒的3

發音指導小秘方 輕輕鬆鬆就能發出標準漂亮的英文發音

小朋友，你們有沒有趕過公車或校車呢？想像一下，你們在後面一邊追著公車，一邊喊著「ɛɛɛ...等等我啊！！！」的畫面。那個又短又急的 [ɛ] 就是音標 [ɛ] 的發音喔！

ɛɛɛ等等我啊～

 一邊聽rap、一邊跟著唸，就可以輕鬆記住[ɛ]的發音喔！

發音為[ɛ]的字母有：A、E

 **a [ɛ]** 當字母 a 和 ir 或 re 連接時，a 唸成 [ɛ]，ir 或 re 唸成 [r]，合起來唸 [ɛr]

1
hair 頭髮

2
pair 一對

3
chair 椅子

4
care 照顧

 **e [ɛ]** 字母 e 夾在兩個子音中間，e 唸成 [ɛ]

1
red 紅色

2
hen 母雞

3
desk 桌子

4
nest 巢穴

填填看

你知道下面的單字怎麼唸嗎？請將本課所學到的音標[ɛ]填入空格中，就可以完成單字的拼音哦！

nest [n___st]

hen [h___n]

desk [d___sk]

11

[ɪ]

★003.mp3

有橫桿的電線杆 [ɪ] [ɪ] [ɪ]

記憶口訣

i=

先畫一根電線杆 上下再畫一小橫 [ɪ] [ɪ] [ɪ]

發音指導小祕方 輕輕鬆鬆就能發出標準漂亮的英文發音

小朋友,我們現在要來開始做體操了哦!來,跟老師一起唸:「1」、2、3、4~2、2、3、4~3、2、3、4~再來一次!「1」、2、3、4...小朋友有沒有注意到,當我們做體操喊「1」、2、3、4,跟平常數1~2~3~4時不太一樣呢!做體操時喊「1」、2、3、4,比平常唸1的時候花更多的力氣,而且聲音更短促。對了!這就是音標 [ɪ] 的正確發音。

「1」、2、3、4!

 聽 RAP 記 發 音　一邊聽rap、一邊跟著唸，就可以輕鬆記住[ɪ]的發音喔！

發音為[ɪ]的字母有：I、Y

i [ɪ]　字母 i 在兩個子音中間，唸成短音的 [ɪ]

1
sick 生病的

2
fish 魚

3
dish 盤子

4
mix 混合

y [ɪ]　y 在弱音節會唸成 [ɪ]

1
puppy 幼犬

2
happy 快樂的

3
baby 嬰兒

4
lily 百合花

連連看　你知道下面的單字怎麼唸嗎？請將單字跟正確的英文音標連在一起哦！

sick　　**baby**　　**happy**　　**dish**

[ˋhæpɪ]　　[dɪʃ]　　[sɪk]　　[ˋbebɪ]

[ʌ]

★ 004.mp3

樹枝被折斷了 [ʌ] [ʌ] [ʌ]

記憶口訣

Writing fun

樹枝被折斷了 [ʌ] [ʌ] [ʌ]
由上而下寫下來

發音指導小秘方 輕輕鬆鬆就能發出標準漂亮的英文發音

小朋友有沒有參加過萬聖節的化裝舞會?那個時候,很多人都化妝成「惡」魔,「惡」魔耶～!好可怕喔!看到 [ʌ] 魔,我們就要趕快逃跑,不要被抓到喔![ʌ] 魔、[ʌ] 魔、[ʌ] [ʌ] [ʌ],嘴巴不要張太大唷!

哇![ʌ]魔!!

聽 RAP 記 發 音　一邊聽rap、一邊跟著唸，就可以輕鬆記住[ʌ]的發音喔！

發音為[ʌ]的字母有：o、u

o [ʌ]　當字母 o 位於重音節時，o 唸成 [ʌ]

1

money 錢

2

glove 手套

3

monkey 猴子

4

onion 洋蔥

u [ʌ]　當字母 u 位於重音節時，u 唸成 [ʌ]

1

bus 巴士

2

cup 咖啡杯

3

cut 切、剪

4

sun 太陽

勾勾看

你知道下面的單字怎麼唸嗎？請在正確的英文音標上打勾哦！

money	[ˋmʌnɪ]	✓	**glove**	[glov]	☐
	[ˋmɑnɪ]	☐		[glʌv]	☐
cup	[kjup]	☐	**sun**	[sen]	☐
	[kʌp]	☐		[sʌn]	☐

15

[ə]

★ 005.mp3

沒尾巴的大白鵝 [ə] [ə] [ə]

記憶口訣

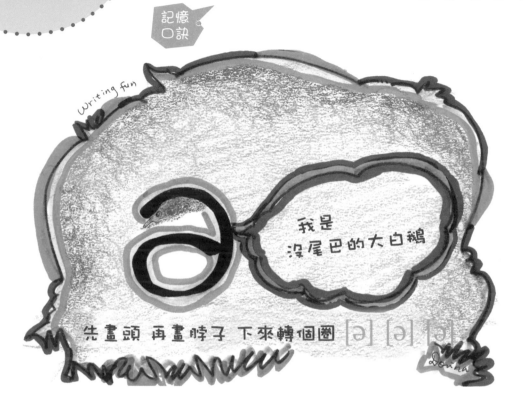

Writing fun

ə

我是
沒尾巴的大白鵝

先畫頭 再畫脖子 下來轉個圈 [ə] [ə] [ə]

donna

發音指導小秘方 　輕輕鬆鬆就能發出標準漂亮的英文發音

這個聲音很輕，好像噁心的「噁」。媽媽說：吃蟲蟲大餐，小朋友就說：好「噁」心唷！可是「噁」心還是要吃啊～！這樣才能長大呢！吃飽了以後又輕輕的打了三次嗝，[ə] [ə] [ə]。

好[ə]哦！

 聽 RAP 記 發 音 一邊聽rap、一邊跟著唸，就可以輕鬆記住[ə]的發音喔！

發音為[ə]的字母有：A、O

a [ə] 當字母 a 位於弱音節時，a 唸成 [ə]

1  **panda** 貓熊　*2*  **banana** 香蕉　*3*  **papaya** 木瓜　*4* **soda** 汽水

o [ə] 當字母 o 位於弱音節時，o 唸成 [ə]

1  **lion** 獅子　*2*  **gorilla** 大猩猩　*3*  **parrot** 鸚鵡　*4*  **potato** 馬鈴薯

填填看

你知道下面的單字怎麼唸嗎？請將本課所學到的音標[ə]填入空格中，就可以完成單字的拼音哦！

 貓熊　**panda** [`pænd__]

 獅子　**lion** [`laɪ__n]

[ɔ]

★ 006.mp3

向左開口的 C [ɔ] [ɔ] [ɔ]

記憶口訣

球就是 ball [bɔl]

寫一個向左邊開口的 C [ɔ] [ɔ] [ɔ]

發音指導小秘方 輕輕鬆鬆就能發出標準漂亮的英文發音

小朋友,當媽媽在你玩遊戲的時候要你去做別的事情,你會不會很心不甘情不願的說「『喔』!好啦!」那個很心不甘情不願的短短地『喔』就跟 [ɔ] 的發音很像哦!來～一起喊「[ɔ]!好啦!」

快去睡覺!

[ɔ]!好啦!

 聽 RAP 記 發 音　一邊聽rap、一邊跟著唸，就可以輕鬆記住[ɔ]的發音喔！

發音為[ɔ]的字母有：A、O

 **a [ɔ]**　當字母 a 遇到 l, u, w 三個字母時，a 跟 l, u, w 合唸成 [ɔ]

1

ta**ll** 高的

2

ball 球

3

saw 鋸子

4

sauce 調味醬

 **o [ɔ]**　字母 o 後面跟著字母 r 的時候，o 唸成短音的 [ɔ]

1

fo**rest** 森林

2

fork 叉子

3

torch 火把

4

cord 電線

 圈圈看　你知道下面的單字怎麼唸嗎？請將音標裡面的[ɔ]圈出來哦！

tall [tɔl]　　**ball** [bɔl]　　**saw** [sɔ]

fork [fɔrk]　　**torch** [tɔrtʃ]　　**cord** [kɔrd]

19

[ʊ]

★ 007.mp3

彎彎的微笑 [ʊ] [ʊ] [ʊ]

記憶口訣

像個彎彎的微笑 [ʊ] [ʊ] [ʊ] Donna Young

發音指導小秘方 輕輕鬆鬆就能發出標準漂亮的英文發音

小朋友有時候會被爸爸媽媽罵，心裡是不是覺得很難過呢～！好想哭哦～嗚嗚嗚～，其實，爸爸媽媽就是因為愛你們，怕你們做錯事才會罵你們哦。所以，哭完了以後還是要聽爸爸媽媽的話，做個好孩子哦！大家再唸一次，好想哭哦～[ʊ] [ʊ] [ʊ]～，聲音要又輕又短唷！

[ʊ] [ʊ] [ʊ]！我被媽媽罵了！

你怎麼了！

發音為[ʊ]的字母有：oo

 兩個 o 一起出現時，oo 有時會唸成 [ʊ]

1 　　2 　　3 　　4

good 好的　　**cook** 廚師　　**foot** 腳　　**book** 書

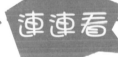 你知道下面的單字怎麼唸嗎？找出與圖片對應的單字跟音標，把他們連起來哦！

　　• **foot** •　　• [gʊd]

　　• **good** •　　• [bʊk]

　　• **book** •　　• [fʊt]

　　• **cook** •　　• [kʊk]

[a]

★ 008.mp3

綁馬尾的雞蛋頭 [a] [a] [a]

記憶口訣

[a] [a] [a]

先畫一個雞蛋頭 再畫一個馬尾巴

發音指導小秘方 輕輕鬆鬆就能發出標準漂亮的英文發音

小朋友記得把嘴巴張開，好像看到蟑螂，嚇一跳。大喊一聲「啊！」「啊！」好可怕的蟑螂。「啊！」好多腳的蜈蚣。[a]！好噁心的毛毛蟲。要記得嘴巴張的大大的唷！

[a]！蟑螂！

冷靜一點！那個50萬啊！

 一邊聽rap、一邊跟著唸，就可以輕鬆記住[ɑ]的發音喔！

 **發音為[ɑ]的字母有：A、O**

a [ɑ] ar 在重音節時，a 唸成 [ɑ]

1

jar 瓶罐

2

car 汽車

3
park 公園

4

farm 農田

o [ɑ] 字母 o 在兩個子音中間，或是做為單字開頭的時候，大多唸成短音的 [ɑ]

1

clock 時鐘

2

octopus 章魚

3

fox 狐狸

4

doll 洋娃娃

填填看

你知道下面的單字怎麼唸嗎？請將本課所學到的音標[ɑ]填入空格中，就可以完成單字的拼音哦！

 瓶罐
jar [dʒ___r]

 汽車
car [k___r]

 狐狸
fox [f___ks]

23

[e]

★ 009.mp3

舌頭轉圈圈 [e] [e] [e]

記憶口訣

[e] [e] [e]

中間一橫畫上去 圓圓的繞下來

發音指導小祕方 輕輕鬆鬆就能發出標準漂亮的英文發音

小朋友，當你看到這個英文音標的時候，嘴巴要微笑的，有一點像白雪公主的微笑，輕輕的說ㄟ一，也可以自己搞笑造句唷。例如：
「ㄟ一，你是剛剛的魔術師嗎？」
「ㄟ一，你是我小學一年級的陳老師嗎？」
「[e]，你好像拿到我的書包唷！」

[e]～白馬王子～你來找我啊？

[e]～你...是白雪公主嗎？

曬太多太陽囉～！

 一邊聽rap、一邊跟著唸，就可以輕鬆記住[e]的發音喔！

發音為[e]的字母有：A

a [e] 「a+子音+e」，a 唸成原字母的發音[e]，字尾 e 則不發音。另「ai」也合唸成[e]

1

rain 雨

2

cake 蛋糕

3

game 遊戲

4

race 賽跑

連連看

你知道下面的單字怎麼唸嗎？找出與圖片對應的單字跟音標，把他們連起來哦！

 •——————• [res] •   • **cake**

 •   • [ren] •   • **race**

 •   • [gem] •   • **game**

  •   • [kek] •   • **rain**

25

[i]

★ 010.mp3

燃燒的蠟燭 [i] [i] [i]

記憶口訣

writing fun

先畫一根蠟燭 再畫一把火 [i] [i] [i]

發音指導小秘方 輕輕鬆鬆就能發出標準漂亮的英文發音

小朋友看到這個音標，千萬不要唸成
～唉～，而是要笑咪咪的說：～姨～
還要拋個媚眼唷！看到漂亮的小阿
「姨」，馬上跟她要紅包～。聲音要
又長又柔，小阿 [i] 的紅包才會給得
多哦～！

我是小阿[i]～
快來跟我要紅
包哦～！

 一邊聽rap、一邊跟著唸，就可以輕鬆記住[i]的發音喔！

發音為[i]的字母有：EA、EE

ea [i] 字母 e 和字母 a 一起出現，通常唸成 [i]

1

beach 海灘

2

Jeans 牛仔褲

3
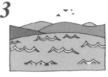
sea 海

4

tea 茶

ee [i] 兩個 e 一起出現時，ee 唸成 [i]

1

sheep 綿羊

2

sheet 一張

3
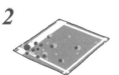
feet 腳

4

cheese 起司

圈圈看
你知道下面的單字怎麼唸嗎？把正確的英文音標圈起來哦！

 綿羊

 一張

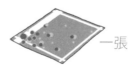 茶

[ʃip]　[ʃɪp]　　[ʃet]　[ʃit]　　[tɛ]　[ti]

27

[o]

★ 011.mp3

阿婆的嘴巴 [o] [o] [o]

記憶口訣

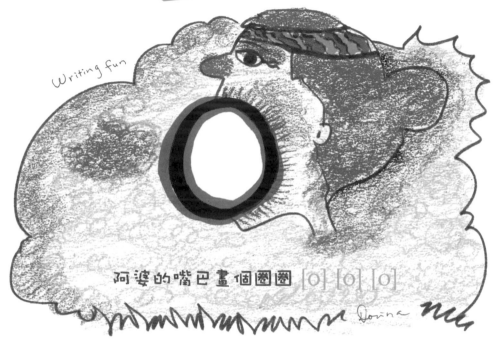

Writing fun

阿婆的嘴巴畫個圈圈 [o] [o] [o]

Dorina

發音指導小秘方 輕輕鬆鬆就能發出標準漂亮的英文發音

小朋友看到這個字就會立刻想到很令人吃驚的「哦」～！例如：

看到動物園裡面的大象，～哦～好長的鼻子哦！

看到小無尾熊，～哦～把媽媽抱得好緊哦！

看到長頸鹿，～[o]～好長的脖子像煙囪哦！

[o]～ 好美哦～！

發音為[o]的字母有：o

 o [o]

「oa」、「ou」、「oe」、「oo」、「o＋子音 l」、「字母 o＋子音+字尾 e」、「字母 o 開頭或結尾」都有可能唸成長音的 [O]

1

coat 大衣外套

2

door 門

3
nose 鼻子

4

piano 鋼琴

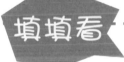 填填看

你知道下面的單字怎麼唸嗎？請將本課所學到的音標[o]填入空格中，就可以完成單字的拼音哦！

1

大衣外套

coat [k___t]

2

門

door [d___r]

3

鼻子

nose [n___z]

4

鋼琴

piano [pɪˋæn___]

[u]

★ 012.mp3

圓臉綁上馬尾巴 [u] [u] [u]

記憶口訣

先畫一個 圓圓臉　再畫翹翹馬尾巴　[u] [u] [u]

發音指導小秘方 | 輕輕鬆鬆就能發出標準漂亮的英文發音

小朋友看到這個音標，嘴巴要弄成尖尖的，好像要親親的樣子唷！發出～烏～的聲音。小朋友也可以和爸爸媽媽一起玩個節奏遊戲。

～烏～烏～烏鴉的「烏」。
～巫～巫～巫婆的「巫」。
～屋～屋～屋頂的「屋」。
～污～污～污染的 [u]。

嘴巴要尖尖的像親親哦～！

[u]～

 聽 RAP 記 發 音 一邊聽rap、一邊跟著唸，就可以輕鬆記住[u]的發音喔！

發音為[u]的字母有：oo

oo [u] 兩個 o 一起出現時，oo 有時會唸成 [u]

1

room 房間

2

too 太

3

rooster 公雞

4

goose 鵝

連連看

你知道下面的單字怎麼唸嗎？找出與圖片對應的單字跟音標，把他們連起來哦！

(Too big! 圖) •	• **room** •	• [gus]
(公雞 圖) •	• **rooster** •	• [rum]
(房間 圖) •	• **too** •	• [tu]
(鵝 圖) •	• **goose** •	• [`rustɚ]

31

[ɝ]

★ 013.mp3

綁蝴蝶結的 3 [ɝ] [ɝ]

記憶口訣

ir=

先寫123的3
蝴蝶結往上翹再
向右勾

[ɝ] [ɝ] [ɝ]

發音指導小祕方 輕輕鬆鬆就能發出標準漂亮的英文發音

小朋友看到這個字，就好像看到一個數字的3，頭上綁個蝴蝶結。這個字我們要唸「二」，但舌頭要再捲一點唷！要唸得又長又捲，這樣才會很標準唷！來玩接字遊戲哦！

[ɝ] [ɝ]「二」十元。

[ɝ] [ɝ]「二」分之一。

[ɝ] [ɝ]「二」五得十。

沒關係啦！
下次加油點！

[ɝ]十分

20=

 一邊聽rap、一邊跟著唸，就可以輕鬆記住[ɝ]的發音喔！

發音為[ɝ]的字母有：IR、UR

ir [ɝ] 字母 i 和字母 r 在一起出現的時候，唸成 [ɝ]

1
bird 鳥

2
girl 女孩

3
shirt 襯衫

4
first 第一

ur [ɝ] 字母 u 和字母 r 一起出現的時候，唸成 [ɝ]

1
nurse 護士

2
turtle 烏龜

3
purse 錢包

4
turkey 火雞

填填看 你知道下面的單字怎麼唸嗎？請將本課所學到的音標[ɝ]填入空格中，就可以完成單字的拼音哦！

鳥

女孩

錢包

bird [b___d]　　**girl** [g___l]　　**purse** [p___s]

有尾巴的大白鵝

[ɚ] [ɚ]

er= [ɚ]

先寫一個 ə 再把尾巴壓下來 像大白鵝 [ɚ] [ɚ]

Dorina

發音指導小秘方　輕輕鬆鬆就能發出標準漂亮的英文發音

小朋友看到這個字，就會想到數字的2後面打個勾，和爸爸媽媽一起比賽，誰的舌頭最捲！像北京人一樣練習一下。

來來，來這一邊「兒」，去去，去那一邊「兒」。

來來，來東邊 [ɚ]，去去，去西邊 [ɚ]。

Are you a robber[`rɑbɚ]?

什麼「蘿蔔兒」？我要錢！不要蘿蔔！！

發音為[ɚ]的字母有：ER

er [ɚ] 字母 e 和字母 r 一起出現，er 在輕音節時唸成 [ɚ]

1 sweater 毛衣　**2 rooster** 公雞　**3 butterfly** 蝴蝶　**4 hammer** 鐵鎚

填填看

你知道下面的單字怎麼唸嗎？請將本課所學到的音標[ɚ]填入空格中，就可以完成單字的拼音哦！

1

毛衣

sweater [`swɛt___]

2

公雞

rooster [`rust___]

3

蝴蝶

butterfly [`bʌt___ˌflaɪ]

4

鐵鎚

hammer [`hæm___]

[aɪ]

★ 015.mp3

記憶口訣

靠著電線杆的大牛蛙
[aɪ] [aɪ]

Writing fun

先畫一隻大牛蛙 後面有個電線杆

[aɪ] [aɪ]

發音指導小秘方 輕輕鬆鬆就能發出標準漂亮的英文發音

唉唷!小朋友看到這個字,就會想到~
唉~唷!媽媽看到這個字,就會想到~
愛~唷!因為媽媽都是最愛小孩子的。
再想想看,有哪些字有 [aɪ] 呢?
高麗菜,真可愛,送給你做太太。
小白菜,真好賣,也可以做皮帶。
小朋友,你們猜猜看,上面有幾個有
[aɪ] 的字呢?
菜、愛、太、賣、帶,一共有5個,你
猜對了嗎?

是...是...喝了酒才有膽子說啊...

老婆我[aɪ]你~!

 一邊聽rap、一邊跟著唸，就可以輕鬆記住[aɪ]的發音喔！

發音為[aɪ]的字母有：I、Y

i [aɪ] 「字母 i ＋子音＋字母 e」，i 唸成原字母的發音 [aɪ]，字尾 e 則不發音

1

bi**te** 咬

2

ki**te** 風箏

3

ti**re** 輪胎

4

bi**ke** 腳踏車

y [aɪ] y 在字尾有時會唸成 [aɪ]

1

fly 飛

2

fry 油炸

3

cry 哭

4

dry 弄乾

勾勾看 你知道下面的單字怎麼唸嗎？請在正確的英文音標上打勾哦！

bite	[bɪt]	☐	**tire**	[taɪr]	☐
	[baɪt]	✓		[tir]	☐
cry	[kri]	☐	**fry**	[frɪ]	☐
	[kraɪ]	☐		[fraɪ]	☐

37

[aʊ]

★ 016.mp3

大牛蛙與彎彎的笑

記憶口訣 [aʊ] [aʊ]

Writing fun

先畫一隻大牛蛙 再來彎彎微微笑
[aʊ] [aʊ] [aʊ]

發音指導小秘方 輕輕鬆鬆就能發出標準漂亮的英文發音

哇！好可怕唷！來了一隻大野狼～啊嗚～啊嗚～，來了兩隻大野狼～啊嗚～啊嗚～，小朋友在聽故事的時候，都會聽到 [aʊ] 這個聲音。爸爸媽媽也可以和小朋友玩大野狼的遊戲唷！請小朋友先躲在棉被裡面，再偷偷跑出來。這時候當大野狼的爸媽就去抓，同時發出 [aʊ] 的狼叫聲。小朋友就趕快躲回棉被去。

[aʊ]～我是媽媽～！我回來了～

聲音不對吧～

發音為[aʊ]的字母有：OW、OU

 ow 和 ou 通常合唸成 [aʊ]

1 **mouse** 老鼠　*2*  **cow** 乳牛　*3* **loud** 大聲的　*4* **owl** 貓頭鷹

 你知道下面的單字怎麼唸嗎？把正確的英文音標圈起來哦！

1 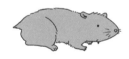 老鼠

[mous]　[maʊs]

2  乳牛

[kow]　[kaʊ]

3  大聲的

[laʊd]　[lʌd]

4 貓頭鷹

[aʊl]　[wɔl]

39

★ 017.mp3

[ɔɪ]

顛倒的 C 與電線杆
[ɔɪ] [ɔɪ]

記憶口訣

Writing fun

先寫一個顛倒的c 後面有根電線杆

發音指導小秘方 輕輕鬆鬆就能發出標準漂亮的英文發音

小朋友，有的時候半夜會聽到～歐伊～歐伊～的聲音，好可怕唷！可能是救護車的聲音。跟爸爸媽媽一起把椅子倒過來坐。手握著椅背，雙腿打開向前跑，學救護車的聲音。[ɔɪ][ɔɪ] 邊叫邊前進，同時用眼睛注意看，不要撞到別人唷！

我幫你叫救護車！[ɔɪ][ɔɪ]～

我又不是因為受傷才包成這樣子的...

 一邊聽rap、一邊跟著唸，就可以輕鬆記住[ɔɪ]的發音喔！

發音為[ɔɪ]的字母有：OY、OI

 **[ɔɪ]** oy 和 oi 合在一起唸成 [ɔɪ]

1

boy 男孩

2

toy 玩具

3

coin 硬幣

4

boil 沸騰

連連看

你知道下面的單字怎麼唸嗎？找出與圖片對應的單字跟音標，把他們連起來哦！

 •   • **boil** •   • [bɔɪl]

 •   • **boy** •   • [kɔɪn]

 •   • **coin** •   • [tɔɪ]

 •   • **toy** •   • [bɔɪ]

[b]

★018.mp3

向右邊的大肚皮
[b] [b] [b]

記憶口訣

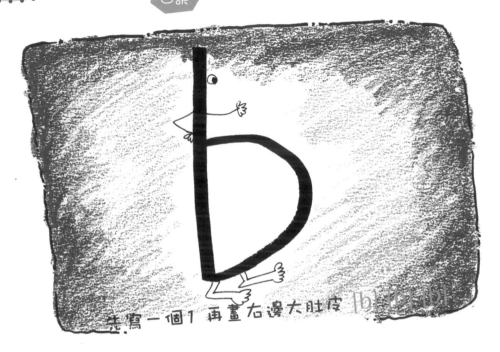

先寫一個1 再畫右邊大肚皮 [b][b][b]

發音指導小秘方 輕輕鬆鬆就能發出標準漂亮的英文發音

媽媽愛爸爸，有時候你會發現媽媽也會喊「爸爸」、「爸爸」，聽起來好像打啵 [b] [b] [b]。小朋友把嘴巴閉起來，輕輕發出 [b] [b] [b] 的聲音，和哥哥姊姊比賽在20秒內唸出40個 [b] [b] [b] 的聲音，看誰唸得快呢？

42

發音為[b]的字母有：B

 **b [b]** 字母 b 絕大部分都唸成 [b]

1

bat 蝙蝠

2

bed 床

3

baby 嬰兒

4

bake 烘焙

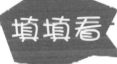 **填填看** 你知道下面的單字怎麼唸嗎？請將本課所學到的音標[b]填入空格中，就可以完成單字的拼音哦！

1

蝙蝠

bat [＿＿æt]

2

床

bed [＿＿εd]

3

嬰兒

baby [`＿＿e＿＿ɪ]

4

烘焙

bake [＿＿ek]

[d]

★ 019.mp3

記憶口訣

向左邊的大肚皮
[d] [d] [d]

Writing fun

先畫左邊大肚皮 右邊再寫一個1 [d] [d] [d]

Dorina

發音指導小秘方 輕輕鬆鬆就能發出標準漂亮的英文發音

小朋友，這個字跟國字「的」是同樣的發音唷！你「的」，我「的」，的的的。
他「的」，她「的」，的的的。
妳們[d]，我們[d]，的的的。他們[d]，她們[d]，[d] [d] [d]。大家都不要吵，我們大家[d]，[d] [d] [d]。

這是我[d]！

我先看到[d]！

 聽 RAP 記 發 音 一邊聽rap、一邊跟著唸，就可以輕鬆記住[d]的發音喔！

發音為[d]的字母有：D

d [d] 字母 d 單獨出現時，不管在哪裡都唸成 [d]

1  **dog** 狗

2  **dance** 跳舞

3  **deer** 鹿

4  **dig** 挖掘

畫畫看 你知道下面的音標怎麼唸嗎？請根據音標把圖片找出來，並在圖片上畫上相同的圖形哦！

[dɔg]　　[dæns]　　[dɪr]　　[dɪg]

[ʒ]

★020.mp3

沒有耳朵的小老鼠
[ʒ] [ʒ] [ʒ]

記憶口訣

Writing fun

3

先畫一個老鼠頭　再畫一個大肚子 [ʒ] [ʒ] [ʒ]

Dorina

發音指導小秘方 輕輕鬆鬆就能發出標準漂亮的英文發音

小朋友，你們喜歡吃魚嗎？老師超愛吃魚的，每「日」都要吃「魚」，而且都吃「日」本進口的「魚」哦～！所以「日」「魚」、「日」「魚」～唸快一點～！！「日」「魚」、「日」「魚」、「日」「魚」…[ʒ] [ʒ] [ʒ] ！這是一個很特殊的發音唷。嘴巴有一點翹翹的。再唸一遍「日」「魚」、「日」「魚」、「日」「魚」…[ʒ] [ʒ] [ʒ] ！

每「日」要吃「魚」～「日」「魚」、「日」「魚」、[ʒ] [ʒ]

誰吃誰還不知道咧…

發音為[ʒ]的字母有：s

 s [ʒ]　有的時候，「-sion」、「-sual」、「-sure」這些組合的字母 s 會唸成 [ʒ]

1
television
電視

2
explosion
爆炸

3
collision
相撞

4
treasure
金銀財寶

填填看　你知道下面的單字怎麼唸嗎？請將本課所學到的音標[ʒ]填入空格中，就可以完成單字的拼音哦！

1
電視

television [ˋtɛləˌvɪ＿＿ən]

2
爆炸

explosion [ɪkˋsplo＿＿ən]

3
相撞

collision [kəˋlɪ＿＿ən]

4
金銀財寶

treasure [ˋtrɛ＿＿ɚ]

[dʒ]

記憶口訣

有耳朵的小老鼠
[dʒ] [dʒ] [dʒ]

Writing fun

先畫大耳朵的 d 再畫頭和大肚子

[dʒ] [dʒ] [dʒ]

發音指導小祕方 輕輕鬆鬆就能發出標準漂亮的英文發音

媽媽買「橘」子給我們吃，爸爸也買「橘」子給我們吃，奶奶也買「橘」子給我們吃。橘子，橘子，橘子，[dʒ] [dʒ] [dʒ]，所以，小朋友，這個字就是唸橘子的「橘」，嘴巴有點尖尖的，但要圓圓的 [dʒ]。

不是蘋果嗎？

這個[dʒ]子請妳吃！嘻嘻～

卡！卡！不要隨便亂改劇情！

 一邊聽rap、一邊跟著唸，就可以輕鬆記住[dʒ]的發音喔！

發音為[dʒ]的字母有：G、J

g [dʒ] g 後面如果有 i, e, y 這三個字母，g 通常都唸成 [dʒ]

1  **giraffe** 長頸鹿　*2*  **gym** 體育館　*3* **orange** 柳丁　*4*  **bridge** 橋

j [dʒ] 字母 j 不論在哪裡出現，都唸成 [dʒ]

1  **jeans** 牛仔褲　*2*  **jam** 果醬　*3*  **jacket** 外套　*4*  **jet** 噴射機

圈圈看  你知道下面的單字怎麼唸嗎？請將音標裡面的[dʒ]圈出來哦！

gym [dʒɪm]　**orange** [`ɔrɪndʒ]　**giraffe** [dʒə`ræf]

jet [dʒɛt]　**jacket** [`dʒækɪt]　**jeans** [dʒinz]

[1]

直直下來 [l] [l] [l]

記憶口訣

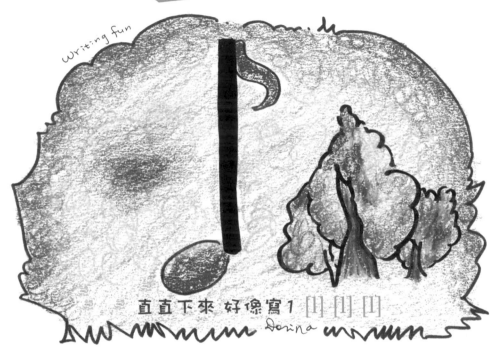

Writing fun

直直下來 好像寫1 [l] [l] [l]

Dorina

發音指導小秘方 輕輕鬆鬆就能發出標準漂亮的英文發音

小朋友,這個字聽起來很像「兒」的音,但是舌頭要翹起來頂住上排牙齒的後面。哇!看起來好醜唷!但是這樣才是正確的唷!來,練習以下這幾個字,apple,table,maple,eel,fell。要自己觀察一下舌頭有沒有頂住上排牙齒的後面。

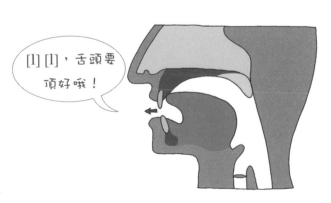

[l] [l],舌頭要頂好哦!

發音為[l]的字母有：L

 l 出現在母音前面時，因舌尖必須換位置，[l]的音自然會發出帶「ㄌ」的音

1
love 愛

2
look 注視

3
lion 獅子

4
lake 湖泊

 l 出現在母音後面時，因舌尖放回原來的發音位置，[l]的音自然會發出帶「ㄡ」的音

1
fall 掉落

2
bowl 碗

3
appl**e 蘋果

4
tabl**e 餐桌

圈圈看

你知道下面的單字怎麼唸嗎？把正確的英文音標圈起來哦！

 愛

 注視

 碗

[lʌv] [nʌv]　　[lʊk] [rʊk]　　[bol] [bor]

51

[m]

★ 023.mp3

記憶
口訣

小猴子的嘴巴
[m] [m] [m]

「ham 火腿，好吃！」

先寫1 再畫兩個饅頭 [m] [m] [m]

Dorina

發音指導小秘方 輕輕鬆鬆就能發出標準漂亮的英文發音

媽媽在發這個音的時候，閉著嘴巴微微笑、點點
頭，你就知道媽媽是贊同你的囉！例如：
媽媽，我可以吃冰淇淋嗎？媽媽點頭說～嗯～
媽媽，我可以去游泳嗎？媽媽點頭說～嗯～。
媽媽，我可以出去玩嗎？媽媽點頭說～[m]～。
哇！今天真是快樂的一天！

另一張就藏起
來吧...

[m]～好棒！
考得很好...

聽 RAP 記 發 音　一邊聽rap、一邊跟著唸，就可以輕鬆記住[m]的發音喔！

發音為[m]的字母有：M

m [m]　m 出現在母音前面時，因嘴唇從緊閉到開口，[m]的音自然會發出帶「ㄇ」的音

1
map 地圖

2
mat 地墊

3
mouse 老鼠

4
money 錢

m [m]　m 出現在母音後面時，因嘴唇從開口到緊閉，[m]的音自然會發出帶「ㄥ」的音

1
cla**m** 蚌

2
roo**m** 房間

3
pal**m** 手掌心

4
ha**m** 火腿

勾勾看
你知道下面的單字怎麼唸嗎？請在正確的音標上打勾哦！

map [mæp] ☑　**palm** [pɑn] ☐
　　　　[næp] ☐　　　　　[pɑm] ☐
money [`mʌnɪ] ☐　**ham** [hæm] ☐
　　　　　[`hʌnɪ] ☐　　　　[hæk] ☐

[n]

樹的旁邊有山洞
[n] [n] [n]

記憶口訣

Writing fun

先畫一棵樹 再畫一個大山洞

[n] [n] [n]

發音指導小秘方 輕輕鬆鬆就能發出標準漂亮的英文發音

小朋友，爸爸媽媽扶養我們這個「恩」惠是很大的哦，所以我們不可以忘記爸爸媽媽的「恩」惠，來～跟老師一起說一次，「恩」～，好～不要動！小朋友，你現在的舌頭是不是翹起來頂住上排牙齒的後面呢？我們再來一次「恩」～[n]，記得要用鼻子喔！

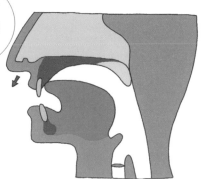

[n] [n]，舌頭要頂好，而且要從鼻子發音哦！

 一邊聽rap、一邊跟著唸，就可以輕鬆記住[n]的發音喔！

發音為[n]的字母有：N

n [n] n 出現在母音前面時，因舌尖必須換位置，[n]的音自然會發出帶「ㄋ」的音

1

nurse 護士

2

net 網子

3

nail 指甲

4

nest 巢穴

n [n] n 出現在母音後面時，因將舌尖放回原來的發音位置，[n]的音自然會發出帶「ㄣ」的音

1

ca**n** 罐頭

2

fa**n** 電扇

3

pa**n** 平底鍋

4

su**n** 太陽

連連看  你知道下面的單字怎麼唸嗎？請將本課所學到的發音符號[n]填入空格中，就可以完成單字的拼音哦！

nurse   **nest**   **fan**   **pan**

●   ●   ●   ●

●   ●   ●   ●

[nɛst]   [pæn]   [nɝs]   [fæn]

55

★ 025.mp3

[ŋ]

彎彎長長的 [ŋ] [ŋ]

ng = ㄅ

寫一個小小的1
再畫一個向左
開口的半圓形

[ŋ] [ŋ] [ŋ]

發音指導小祕方 輕輕鬆鬆就能發出標準漂亮的英文發音

小朋友，我就知道～[ŋ]～這個聲音你聽到了就會一直笑，因為太臭了。當我們唸這個聲音的時候，要半蹲，屁股要翹起來唷！～[ŋ]～[ŋ]～[ŋ]～真的好像在上大號唷！小朋友要記得天天吃五種蔬果，才不會便祕唷！不然～[ŋ]～[ŋ]～的時候會很累唷！

[ŋ] [ŋ]完要記得沖水哦～！

 一邊聽rap、一邊跟著唸，就可以輕鬆記住[ŋ]的發音喔！

發音為[ŋ]的字母有：NG

ng [ŋ]　字母 n 和字母 g 在一起的時候，唸成 [ŋ]

1  **sing** 唱歌

2  **swing** 鞦韆

3  **king** 國王

4  **strong** 強壯

填填看

 你知道下面的單字怎麼唸嗎？請將本課所學到的音標[ŋ]填入空格中，就可以完成單字的拼音哦！

1  唱歌

sing [sɪ＿＿]

2  鞦韆

swing [swɪ＿＿]

3 國王

king [kɪ＿＿]

4  強壯

strong [strɔ＿＿]

★ 026.mp3

[r]

樹枝捲捲的 [r] [r] [r]

記憶口訣

Writing fun

先畫樹幹再捲上來

[r] [r] [r]

發音指導小祕方 輕輕鬆鬆就能發出標準漂亮的英文發音

媽媽爸爸和小朋友一起學狗叫～囉～囉～囉～！
爸爸媽媽當老狗～囉～囉～囉～！
小朋友當小狗～囉～囉～囉～！
哥哥當大笨狗[r] [r] [r]！
妹妹當小肥狗[r] [r] [r]！
全家一起學狗叫，真有趣！最後大家
一起打個噴嚏，倒在地上，哈...啾！

[r] [r] [r]大家
一起來

[r] [r] [r]

[r] [r] [r]

 一邊聽rap、一邊跟著唸，就可以輕鬆記住[r]的發音喔！

發音為[r]的字母有：R

 **r [r]** 字母 r 通常唸成 [r]

1

run 跑

2

read 閱讀

3

rabbit 兔子

4

parrot 鸚鵡

連連看

你知道下面的單字怎麼唸嗎？找出與圖片對應的單字跟音標，把他們連起來哦！

 • • **parrot** • • [rʌn]

 • • **read** • • [rid]

 • • **run** • •[`ræbɪt]

 • • **rabbit** • •[`pærət]

59

[g]

戴著勾勾的大頭
[g] [g] [g]

記憶口訣

先畫一個大頭 直直下來勾起來
[g] [g] Dorina

發音指導小秘方 輕輕鬆鬆就能發出標準漂亮的英文發音

每次小朋友看到這個音的時候，就想到自己的「哥」哥，這個音唸起來又很像不小心被刀子「割」到手，又像小鳥唱「歌」[g][g][g]，我們唸這個音的時候，聲音要又輕又短，好像在唱一首好聽的歌。你覺得哪一種歌最好聽呢？情歌？兒歌？流行歌？...都好聽啦！

來唱[g]吧！

60

 聽 RAP 記 發 音 一邊聽rap、一邊跟著唸,就可以輕鬆記住[g]的發音喔!

發音為[g]的字母有:G

 **g [g]** 字母 g 大部分的時候都唸成 [g]

1

goat 山羊

2

girl 女孩

3

pig 豬

4

dog 狗

 **畫畫看** 你知道下面的音標怎麼唸嗎?根據音標把圖片找出來,並在圖片上畫上相同的圖形哦!

[got] [dɔg] [pɪg] [gɝl]

[z]

閃電打下來 [z] [z] [z]

記憶口訣

writing fun

畫到右邊 斜到左邊 再畫到右邊

[z] [z] [z]

Divina

發音指導小秘方 | 輕輕鬆鬆就能發出標準漂亮的英文發音

老師教小朋友唸這個字的時候,都好像蚊子在叫～[z]～[z]～[z]～,又好像蜜蜂叫～[z]～[z]～[z]～,又像蝗蟲叫～[z]～[z]～[z]～乾脆來個昆蟲大戰好了。爸爸、媽媽、爺爺、奶奶,每個人各當一種昆蟲,[z] [z] [z]。一定要有節奏感唷!

好痛

[z] [z] [z] [z]...

發音為[z]的字母有：S、Z

S [z] 複數名詞及三單，s 接在母音或有聲子音之後，唸成有聲的 [z]

1
3+2=?

adds
附加（三單）

2

mirrors
鏡子（複數）

3

pictures
照片（複數）

4

rooms
房間（複數）

Z [z] 字母 z 絕大部分都唸成 [z]

1

doze
打瞌睡

2
zebra
班馬

3
zoo
動物園

4
zipper
拉鍊

填填看 你知道下面的單字怎麼唸嗎？請將本課所學到的音標[z]填入空格中，就可以完成單字的拼音哦！

3+2=?
附加（三單）

照片（複數）

動物園

adds [æd_] **pictures** [`pɪktʃɚ_] **zoo** [_u]

[ð]

★ 029.mp3

記憶口訣

向左吐出大舌頭
[ð] [ð] [ð]

Writing fun

先畫一個大舌頭 [ð] [ð] [ð]

再畫長長的鼻毛

發音指導小秘方 輕輕鬆鬆就能發出標準漂亮的英文發音

小朋友看到這個音標，可以想像一個頑皮的小男生把舌頭伸出來，喊著「熱、熱、熱」，舌頭一定要伸出來喊哦～！媽媽問：你怎麼拿個扇子呢？頑皮鬼一邊伸出舌頭像小狗狗在散熱，一邊回答：「熱、熱、熱～ [ð] [ð] [ð]」。

熱熱熱～ [ð] [ð] [ð]

 一邊聽rap、一邊跟著唸，就可以輕鬆記住[ð]的發音喔！

發音為[ð]的字母有：TH

 **th [ð]** th 有時唸成咬舌有聲的 [ð]

1 **scythe**
長柄大鐮刀

2 **bathe** 洗澡

3 **this** 這個

4 **that** 那個

 **圈圈看** 你知道下面的單字怎麼唸嗎？把正確的英文音標圈起來哦！

1

長柄大鐮刀

[saɪð] [saɪθ]

2

洗澡

[bet] [beð]

3

這個

[ðɪs] [lɪs]

4

那個

[ræt] [ðæt]

[v]

★ 030.mp3

勝利的 v [v] [v] [v]

記憶口訣

writing fun

勝利的 V
好像打勾
[v] [v] [v]

發音指導小秘方 輕輕鬆鬆就能發出標準漂亮的英文發音

小朋友，你們有沒有發現 [v] 這個音標很像吸血鬼尖尖的牙齒？沒錯！它就是可怕的吸血鬼牙齒。來，上排牙齒咬著下嘴唇，輕輕的發出 [v] 的聲音。但是，不要有太多氣唷，最好是配上恐怖的吸血鬼眼神，同時說 [v] [v] [v]，這樣子更能幫助記憶唷！

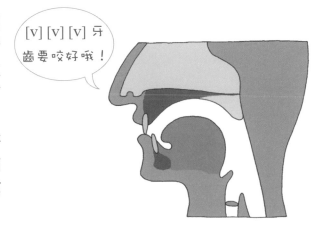

[v] [v] [v] 牙齒要咬好哦！

 一邊聽rap、一邊跟著唸，就可以輕鬆記住[v]的發音喔！

發音為[v]的字母有：V

V [v] 字母 v 通常唸成 [v]

1
van 箱型車

2
vet 獸醫

3
vase 花瓶

4
violin 小提琴

填填看 你知道下面的單字怎麼唸嗎？請將本課所學到的音標[v]填入空格中，就可以完成單字的拼音哦！

1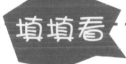
箱型車

van [＿＿æn]

2
獸醫

vet [＿＿εt]

3
花瓶

vase [＿＿es]

4
小提琴

violin [,＿＿aɪə`lɪn]

[w]

★ 031.mp3

記憶口訣

烏鴉的嘴巴
[w] [w] [w]

Writing fun

烏鴉的嘴巴 [w] [w] [w]
下去 上來 下去 上來 [w] [w] [w]

發音指導小秘方 輕輕鬆鬆就能發出標準漂亮的英文發音

大白鯊要咬我們的時候，我們就要快點說：～我～我～我～我是小蝦米，請別吃我，我不夠你塞牙縫。所以音標 [w] 就唸「我、我、我」，嘴巴由小變大，[w] [w] [w]，千萬不要唸成～烏～烏～烏～嘴巴盡量保持彈性。

[w] [w]不知道啊！

你給[w]解釋清楚！

口紅印是[w]的～！

68

 一邊聽rap、一邊跟著唸，就可以輕鬆記住[w]的發音喔！

發音為[w]的字母有：W

W [w] 字母 w 通常唸成 [w]

1  **w**atch 手錶

2  **w**itch 巫婆

3  **w**olf 狼

4 **w**orm 蟲

連連看

你知道下面的單字怎麼唸嗎？找出與圖片對應的單字跟音標，把他們連起來哦！

 •   • **worm** •   • [watʃ]

 •   • **wolf** •   • [wɪtʃ]

 •   • **witch** •   • [wʊlf]

 •   • **watch** •   • [wɝm]

★ 032.mp3

[j]

裝著燈泡的拐杖
[j] [j] [j]

記憶口訣

Writing fun

ㄣ唸 [j]

j [j]

先畫一個燈泡 再畫一個拐杖

[j] [j] [j]

發音指導小秘方 輕輕鬆鬆就能發出標準漂亮的英文發音

小朋友，我們看到 [j] 這個音標，就會想到一億、兩億、三億的「億」。我們唸這個音標的時候，聲音要輕而短，不能像唸國語的「億」那麼重喔！一「億」，兩「億」，我有三「億」啦，請問你有幾 [j] 呢？其實有幾 [j] 並不重要，有平安快樂的生活才是最可貴的。

哇！我們變成 [j] 萬富翁了！

頭獎一億

中了

這張好像過期了吧～

 一邊聽rap、一邊跟著唸，就可以輕鬆記住[j]的發音喔！

發音為[j]的字母有：Y

y [j] 字母 y 在字首的時候，唸成 [j]

1  **yield** 投降

2  **yacht** 遊艇

3 **yawn** 打呵欠

4 **yo-yo** 溜溜球

畫畫看

你知道下面的音標怎麼唸嗎？根據音標把圖片找出來，並在圖片上畫上相同的圖形哦！

[jɑt]　[jɔn]　[ˋjo͵jo]　[jild]

   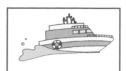

★ 033.mp3

[k]

記憶口訣

突出的嘴巴 [k] [k] [k]

Writing fun

先畫一個電線杆 再來斜斜開口笑
[k] [k] [k]

發音指導小秘方 輕輕鬆鬆就能發出標準漂亮的英文發音

小朋友又咳嗽了。因為台灣的天氣變來變去，
每天早上都會聽到 [k] [k] [k] 小孩在「咳」嗽。
每天晚上都會聽到 [k] [k] [k] 大人在「咳」嗽。
每天半夜都會聽到 [k] [k] [k] 老人在「咳」嗽。
唉唷～唉唷～[k] [k] [k] 多喝溫開水，穿暖一
點。記得這個字是氣音，喉嚨不要震動哦～！

[k] [k] [k]
咳嗽了

 聽 RAP 記 發 音 一邊聽rap、一邊跟著唸，就可以輕鬆記住[k]的發音喔！

發音為[k]的字母有：C、CK、K

 **c** [k] 字母 c 通常都唸成 [k]

1

car 汽車

2

cat 貓

3

cook 烹調

4

cut 切、剪

 **ck** [k] 字母 c 和字母 k 在一起出現時，合唸成 [k]

1

du**ck** 鴨子

2

clo**ck** 時鐘

3

bla**ck** 黑色

4

tru**ck** 卡車

 **k** [k] 字母 k 通常都唸成 [k]

1

key 鑰匙

2

bi**k**e 腳踏車

3
milk 牛奶

4

por**k** 豬肉

73

[s]

彎彎曲曲的小蛇
[s] [s] [s]

記憶口訣

Writing fun

一條蛇 從頭畫到尾 [s] [s] [s]

發音指導小秘方 輕輕鬆鬆就能發出標準漂亮的英文發音

喔！我發現又有一隻螞蟻被踩「死」了[s] [s] [s]。我又發現一隻蚊子被打「死」了[s] [s] [s]。兩隻蟑螂被汽車壓「死」了[s] [s] [s]。今天真是很奇怪的一天。小朋友我們發這個音的時候，千萬不能捲舌唷。而且要唸氣音，短而輕，就好像「嘶嘶嘶」。

[s] [s] [s]
snake [snek]!

74

發音為[s]的字母有：c、s

C [s]　c 後面如果有 i, e, y 這三個字母，通常都會唸成 [s]

1
circle 圓圈

2
bicycle 腳踏車

3
juice 果汁

4
face 臉

S [s]　字母 s 大部分唸成無聲的 [s]

1
sofa 沙發

2
scooter 速可達

3
swim 游泳

4
spider 蜘蛛

勾勾看

你知道下面的單字怎麼唸嗎？請在正確的英文音標上打勾哦！

circle	[`sɝkl̩]	✓	face	[fes]	☐
	[`zɝkl̩]	☐		[feʃ]	☐
sofa	[`zofə]	☐	swim	[ʃwɪm]	☐
	[`sofə]	☐		[swɪm]	☐

75

[f]

★ 035.mp3

搖呼拉圈的企鵝
[f] [f] [f]

記憶口訣

Writing fun

畫一隻瘦企鵝 搖呼拉圈

[f] [f] [f]

發音指導小秘方 輕輕鬆鬆就能發出標準漂亮的英文發音

小朋友，這個音標也是氣音哦，你看樹葉這個字leaf後面那個 [f] 聽起來好像丈夫的「夫」。還要再唸輕一點唷。用你的上排牙齒輕輕的咬住你的下嘴唇～夫～夫～夫～[f] [f] [f]。也很像皮膚的「膚」～膚～膚～膚～[f] [f] [f]。孵蛋的「孵」～孵～孵～孵～[f] [f] [f]，這樣子一直練習，每天練習3分鐘，[f] 這個音就可以唸得很自然了。

保養皮[f]啊！

老媽～妳在幹嘛啊？

 一邊聽rap、一邊跟著唸，就可以輕鬆記住[f]的發音喔！

發音為[f]的字母有：F、PH

 字母 f 不管在哪裡出現，都唸成 [f]

1

2

3

4

fan 風扇　　**fox** 狐狸　　**fat** 肥胖的　　**freckle** 雀斑

 ph 在一起出現的時候，合唸成 [f]

1

2

3

4

elep**h**ant 大象　**ph**oto 相片　　**ph**one 電話　**ph**antom 鬼魅

 你知道下面的單字怎麼唸嗎？請將音標裡面的[f]圈出來哦！

fan [fæn]　　　**fox** [fɑks]　**freckle** [`frɛkl̩]

elephent [`ɛləfənt] **photo** [`foto]　**phone** [fon]

[h]

記憶口訣

椅子朝右邊坐
[h] [h] [h]

先畫一個1 再畫一張椅子 [h] [h] [h]

發音指導小秘方 輕輕鬆鬆就能發出標準漂亮的英文發音

每次我教小朋友 [h] 這個音，我就會深呼吸，再輕輕唸喝水的「喝」[h] [h] [h]，這個字要唸得很小聲，而且只有氣。來，大家一起做個簡單的趣味繞口令。「喝」沙士，[h] [h] [h]。「喝」汽水，[h] [h] [h]。「喝」果汁，[h] [h] [h]。「喝」開水，[h] [h] [h]。

 一邊聽rap、一邊跟著唸，就可以輕鬆記住[h]的發音喔！

發音為[h]的字母有：H

 **h [h]** 字母 h 通常都唸成 [h]

1

hippo 河馬

2

horse 馬

3

hat 帽子

4

hot 熱的

填填看

你知道下面的單字怎麼唸嗎？請將本課所學到的音標[h]填入空格中，就可以完成單字的拼音哦！

1

河馬

hippo [`＿ɪpo]

2

馬

horse [＿ɔrs]

3

帽子

hat [＿æt]

4

熱的

hot [＿ɑt]

79

半個棒棒糖 [p] [p] [p]

記憶口訣

Writing fun

我也想吃棒棒糖

哇！棒棒糖好好吃哦！

先畫一個1 再畫半個棒棒糖

[p] [p] [p]

發音指導小秘方 輕輕鬆鬆就能發出標準漂亮的英文發音

小朋友，這個字聽起來好像小小的爆炸聲，把嘴巴閉緊，再把聲音衝出來唸 [p] [p] [p]。有一點像吹泡泡的聲音 [p] [p] [p]，也像放鞭炮的聲音 [p] [p] [p]。但是千萬不要唸成放屁的聲音～噗～噗～噗～。

放鞭炮 [p] [p] [p]！

 一邊聽rap、一邊跟著唸，就可以輕鬆記住[p]的發音喔！

發音為[p]的字母有：P

p [p] 字母 p 通常都唸成 [p]

1

pea 豌豆

2

puppy 幼犬

3

purse 錢包

4

piano 鋼琴

連連看 你知道下面的單字怎麼唸嗎？找出與圖片對應的音字跟音標把他們連起來哦！

 •   • **purse** •   • [pɪˋæno]

 •   • **puppy** •   • [ˋpʌpɪ]

 •   • **piano** •   • [pɝs]

 •   • **pea** •   • [pi]

★038.mp3

尾巴翹翹的大企鵝

記憶口訣 [ʃ] [ʃ] [ʃ]

尾巴翹翹的大企
鵝 [ʃ] [ʃ] [ʃ]
上面彎彎
直直下來
尾巴翹起來

Dorina

發音指導小秘方 輕輕鬆鬆就能發出標準漂亮的英文發音

要睡覺囉！安靜！不要吵鬧！～
噓～，小貓也要睡覺了！～噓～
小狗也要睡覺了！[ʃ]。我們在唸
這個音的時候，一定要把嘴巴弄
得圓圓的，保持嘴唇的彈性唷！
噓～噓～噓～ [ʃ] [ʃ] [ʃ]。

[ʃ]，安靜！

對嘛

都是你

我又沒講話！

 一邊聽rap、一邊跟著唸，就可以輕鬆記住[ʃ]的發音喔！

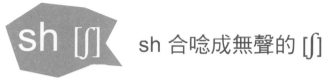

發音為[ʃ]的字母有：SH

 sh 合唸成無聲的 [ʃ]

1  **shirt** 襯衫　　**2**  **shoes** 鞋子　　**3** **brush** 刷子　　**4**  **dish** 盤子

 你知道下面的單字怎麼唸嗎？把正確的英文音標圈起來哦！

1

襯衫

[sɝt]　[ʃɝt]

2

鞋子

[ʒuz]　[ʃuz]

3

刷子

[brʌs]　[brʌʃ]

4

盤子

[dɪʃ]　[dɪh]

[t]

有勾勾的 [t] [t] [t]

記憶口訣

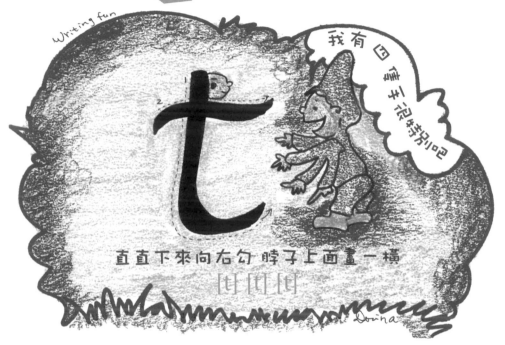

我有日字手很特別吧

Writing fun

直直下來向右勾 脖子上面畫一橫
[t] [t] [t]

發音指導小秘方 輕輕鬆鬆就能發出標準漂亮的英文發音

小朋友，這個字真的很像是特別的
「特」，但是要唸得很輕，只有聽到一點
點的氣音，我們練習的時候，可以用小偷
的故事來練習哦。

t走起路來 [t] [t] [t]，像一個小偷靜悄悄。
t說起話來 [t] [t] [t]，像一個小偷靜悄悄。
t打起字來 [t] [t] [t]，像一個小偷靜悄悄。
每天這樣練習五遍，很快就會了。

哇！我都[t]別小聲了還被抓到！

不許動！

 一邊聽rap、一邊跟著唸，就可以輕鬆記住[t]的發音喔！

發音為[t]的字母有：T

 字母 t 通常唸成無聲的 [t]

1
turkey 火雞

2
toast 土司

3
turtle 烏龜

4
tiger 老虎

 你知道下面的音標怎麼唸嗎？根據音標把圖片找出來，並在圖片上畫上相同的圖形哦！

 [tost]

 [`tɝkɪ]

 [`taɪgɚ]

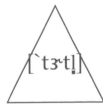 [`tɝtl̩]

85

[tʃ]

★ 040.mp3

跟勾勾坐火車的大企鵝
[tʃ] [tʃ] [tʃ]

記憶口訣

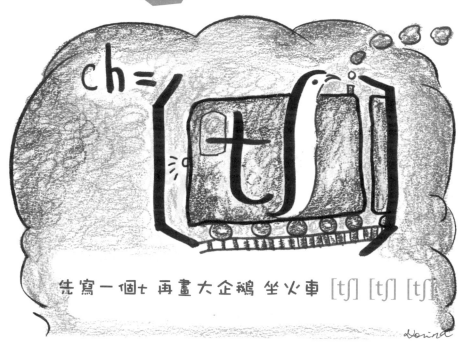

ch = [tʃ]

先寫一個 t 再畫大企鵝 坐火車 [tʃ] [tʃ] [tʃ]

發音指導小秘方 輕輕鬆鬆就能發出標準漂亮的英文發音

去去去，你要「去」哪裡？去去去，我要「去」台北。小朋友，這個字我們要唸「去」，但是不能這麼用力，只能發出一些氣的聲音。就像火車開動的時候，會有 [tʃ] [tʃ] [tʃ] 的聲音。來，現在和爸爸媽媽把雙手做成開火車的動作，嘴巴輕輕的唸～去～去～去～[tʃ] [tʃ] [tʃ]。

還不趕快[tʃ]上學

慘了，遲到了！

 一邊聽rap、一邊跟著唸，就可以輕鬆記住[tʃ]的發音喔！

發音為[tʃ]的字母有：CH

ch [tʃ] 字母 c 和字母 h 在一起出現時，合唸成 [tʃ]

1  **chase** 追趕

2  **church** 教堂

3 **chair** 椅子

4 **peach** 桃子

 你知道下面的單字怎麼唸嗎？請將本課所學到的音標[tʃ]填入空格中，就可以完成單字的拼音哦！

1  追趕

chase [___es]

2  教堂

church [__ɚ__]

3 椅子

chair [___ɛr]

4  桃子

peach [pi___]

[θ]

★ *041.mp3*

舌頭放牙齒中間
[θ] [θ] [θ]

記憶口訣

Writing fun

先畫長長的熱狗 中間加一橫

[θ] [θ] [θ]

發音指導小祕方 | 輕輕鬆鬆就能發出標準漂亮的英文發音

同學們看看這個字,這口型真的很奇怪。上排牙齒和下排牙齒一起咬著舌頭,好像頑皮鬼的聲音唷!但是,要發出～絲～絲～絲～的聲音,好像嘴巴漏風了。來,和爸爸媽媽一起來練習 [θ] 這個字,一定要每天練10次,因為我們的中文發音並沒有這個字,所以要加強練習唷!

[θ] [θ] [θ],
舌頭要用牙齒咬住。

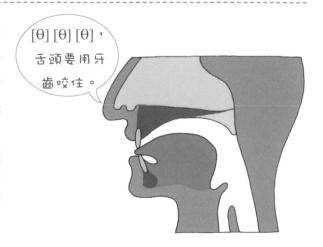

發音為[θ]的字母有：TH

th [θ] 有時唸成咬舌無聲的 [θ]

1

mouth 嘴巴

2

thumb 大拇指

3

thread 線

4

thump 重擊

連連看

你知道下面的單字怎麼唸嗎？找出與圖片對應的單字跟音標，把他們連起來哦！

• **mouth** •

• [θrɛd]

• **thumb** •

• [θʌmp]

• **thump** •

• [θʌm]

• **thread** •

• [maʊθ]

★ 042.mp3

[ju]

記憶口訣

裝燈泡的拐杖和圓臉馬尾
[ju] [ju] [ju]

u=ju

拐杖上面加圓點 再畫圓臉綁馬尾 [ju] [ju]

發音指導小秘方 輕輕鬆鬆就能發出標準漂亮的英文發音

小朋友你看看，這個字聽起就跟英文的
「你」you是一樣的。來，我問你答唷！
誰最漂亮呢？You～You～。
誰最可愛呢？You～You～。
誰最臭屁呢？[ju]～[ju]～。
誰最迷人呢？[ju]～[ju]～。
這樣和爸爸媽媽做角色扮演的會話遊
戲，又可以學英文音標，真是太有趣
了。

you [ju]

魔鏡！魔鏡！誰
是世界上最美麗
的人？

 一邊聽rap、一邊跟著唸，就可以輕鬆記住[ju]的發音喔！

發音為[ju]的字母有：U

u [ju]　u 在音節的開頭、結尾或「u＋子音＋e」，u 可能唸成長音的 [ju]

 student 學生

 **computer** 電腦

 **music** 音樂

 **tuba** 大號

填填看

你知道下面的單字怎麼唸嗎？請將本課所學到的音標[ju]填入空格中，就可以完成單字的拼音哦！

1

學生
student [`st____dn̩t]

2

電腦
computer [kəm`p____tɚ]

3

音樂
music [`m____zɪk]

4

大號
tuba [`t____bə]

91

[kw]

大白鯊的嘴巴和大金魚的嘴巴[kw] [kw] [kw]

記憶口訣

Qu=

大白鯊的嘴巴向右咬 大金魚的嘴巴向下咬[kw] [kw] [kw]

發音指導小祕方 輕輕鬆鬆就能發出標準漂亮的英文發音

小朋友，每次看到這個字就把雙手展開，開始做擴胸運動。邊做邊唸「擴」胸，「擴」胸，[kw] [kw] [kw]。每天做10遍，胸部 muscle 就會變得巨大無比。唸這個字的時候，嘴巴由小變大，「擴、擴、擴」[kw] [kw] [kw]。

我才是真正的王子！

我錢多多～

哇！[kw]少

發音為[kw]的字母有：QU

 qu 在一起出現時，合起來唸 [kw]

1 **queen** 皇后

2  **quarter** 四分之一

3 **squid** 烏賊

4 **squirrel** 松鼠

 你知道下面的單字怎麼唸嗎？把正確的英文音標圈起來哦！

1 皇后

［`kwin］  ［`wkin］

2  四分之一

［`kwɔrtɚ］  ［`kuɔrtɚ］

3  烏賊

［`skwɪd］  ［`sgwɪd］

4  松鼠

［`skʊɝəl］  ［`skwɝəl］

93

[hw]

椅子和啄木鳥的嘴巴
[hw] [hw]

記憶口訣

writing fun

wh = [hw]

先畫一個椅子朝右坐 啄木鳥的嘴巴往下啄
[hw] [hw] [hw]

發音指導小祕方 輕輕鬆鬆就能發出標準漂亮的英文發音

小朋友，可怕的事發生了！
附近好像有火災，～火～火～火～。
有時候，爸爸生氣了，火大了，～火～
火～火～。
有時候，媽媽生氣了，[hw] [hw] [hw]。
那時我該怎麼辦呢？我想我就乖一點，
盡量別說話。

哇！真的[hw]
大了！

 一邊聽rap、一邊跟著唸，就可以輕鬆記住[hw]的發音喔！

發音為[hw]的字母有：WH

wh [hw]　字母 w 遇到字母 h 的時候，唸成 [hw]

1

wheel 輪子

2

whisk 打蛋器

3

whip 鞭了

4

whale 鯨魚

連連看

你知道下面的單字怎麼唸嗎？找出與圖片對應的單字跟音標，把他們連起來哦！

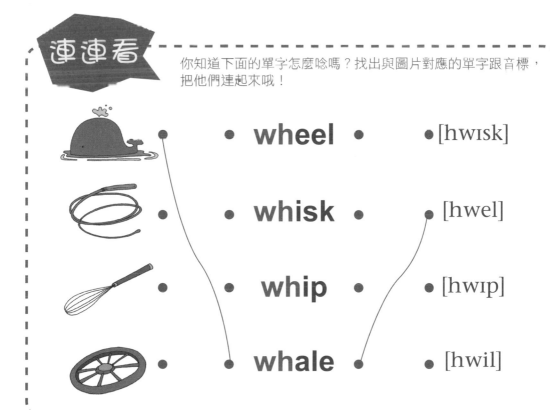

wheel ・ [hwɪsk]

whisk ・ [hwel]

whip ・ [hwɪp]

whale ・ [hwil]

[ks]

★045.mp3

記憶口訣

凸出的嘴巴要咬蛇
[ks] [ks] [ks]

Writing fun

x = [ks]

先寫k 再寫s [ks] [ks]

發音指導小秘方 輕輕鬆鬆就能發出標準漂亮的英文發音

每次我聽到這個字的時候，總是覺得非常清脆，又覺得很可怕，你聽聽看。～可死～可死～可死～[ks] [ks] [ks]。有一次我竟然做夢，玉皇大帝說：我們家的小狗～可死～可死～可死～我問他為什麼？他就說：～咳死～咳死～咳死～我很傷心，後來就醒了，原來是一場夢。我家的狗並沒有咳嗽，而且也沒有「咳死」，那我就放心了！

[ks] [ks]咬東西清脆的聲音哦！

發音為[ks]的字母有：X

X [ks]　字母 x 在字尾的時候，唸成 [ks]

1

box 箱子

2

fox 狐狸

3

ax 長柄斧頭

4

sax 薩克斯風

填填看

你知道下面的單字怎麼唸嗎？請將本課所學到的音標[ks]填入空格中，就可以完成單字的拼音哦！

1

箱子

box [bɑ＿＿＿]

2

狐狸

fox [fɑ＿＿＿]

3

長柄斧頭

ax [æ＿＿＿]

4

薩克斯風

sax [sæ＿＿＿]

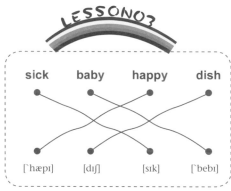

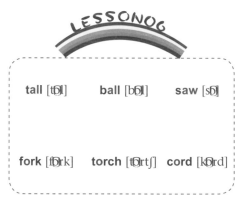

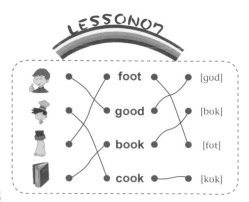

學英文音標不用背　解答

ANSWER

LESSON01

1　mat [m_æ_t]　地墊
2　map [m_æ_p]　地圖
3　bat [b_æ_t]　蝙蝠
4　rat [r_æ_t]　老鼠

LESSON02

nest [n_ɛ_st]
hen [h_ɛ_n]
desk [d_ɛ_sk]

LESSON03

sick　baby　happy　dish

[ˋhæpɪ]　[dɪʃ]　[sɪk]　[ˋbebɪ]

LESSON04

money [ˋmʌnɪ] ✓　glove [glov] ☐
[ˋmɑnɪ] ☐　[glʌv] ✓
cup [kjup] ☐　sun [sen] ☐
[kʌp] ✓　[sʌn] ✓

LESSON05

panda [ˋpænd_ə_]　貓熊
lion [ˋlaɪ_ə_n]　獅子

LESSON06

tall [tɔl]　　ball [bɔl]　　saw [sɔ]

fork [fɔrk]　torch [tɔrtʃ]　cord [kɔrd]

LESSON07

foot　　[gʊd]
good　　[bʊk]
book　　[fʊt]
cook　　[kʊk]

LESSON08

jar [dʒ_ɑ_r]　瓶罐

car [k_ɑ_r]　汽車

fox [f_ɑ_ks]　狐狸

LESSONO9

[res]
[ren]
[gem]
[kek]

cake
race
game
rain

LESSONO10

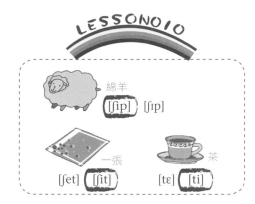

綿羊 [ʃip] [ʃip]

一張 [ʃet] [ʃit]

茶 [tɛ] [ti]

LESSONO11

1 大衣外套 coat [k_o_t]

2 門 door [d_o_r]

3 鼻子 nose [n_o_z]

4 鋼琴 piano [pˋæn_o_]

LESSONO12

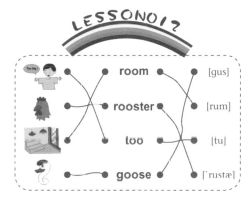

room [gus]
rooster [rum]
too [tu]
goose [ˋrustæ]

LESSONO13

鳥 bird [b_ɝ_d]

女孩 girl [g_ɝ_l]

錢包 purse [p_ɝ_s]

LESSONO14

1 毛衣 sweater [ˋswɛt_ɚ_]

2 公雞 rooster [ˋrust_ɚ_]

3 蝴蝶 butterfly [ˋbʌt_ɚ_flaɪ]

4 鐵鎚 hammer [ˋhæm_ɚ_]

LESSONO15

bite [bɪt] ☐
[baɪt] ☑

cry [krɪ] ☐
[kraɪ] ☑

tire [taɪr] ☑
[tir] ☐

fry [frɪ] ☐
[fraɪ] ☑

LESSONO16

1 老鼠 [mous] [maʊs]

2 乳牛 [kow] [kaʊ]

3 大聲的 [laʊd] [lʌd]

4 貓頭鷹 [aʊl] [wɔl]

學英ㄨ音標不用背 解答 ANSWER

LESSON017

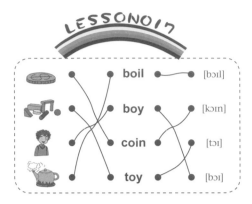

boil [bɔɪl]

boy [kɔɪn]

coin [tɔɪ]

toy [bɔɪ]

LESSON018

1 蝙蝠 bat [b æt]

2 床 bed [b ɛd]

3 嬰兒 baby [ˋ b e b ɪ]

4 烘焙 bake [b ek]

LESSON019

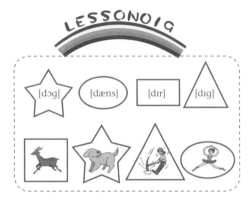

[dɔg]　[dæns]　[dɪr]　[dɪg]

LESSON020

1 電視 television [ˋtɛlə‚vɪ ʒ ən]

2 爆炸 explosion [ɪkˋsplo ʒ ən]

3 相撞 collision [kəˋlɪ ʒ ən]

4 金銀財寶 treasure [ˋtrɛ ʒ ɚ]

LESSON021

gym [dʒɪm] orange [ˋɔrɪndʒ] giraffe [dʒəˋræf]

jet [dʒɛt] jacket [ˋdʒækɪt] jeans [dʒinz]

LESSON022

愛 [lʌv] [nʌv]

注視 [lʊk] [rʊk]

碗 [bol] [bor]

LESSON023

map [mæp] ✓　palm [pɑn] ☐

　[næp] ☐　　[pɑm] ✓

money [ˋmʌnɪ] ✓　ham [hæm] ✓

　[ˋhʌnɪ] ☐　　[hæk] ☐

LESSON024

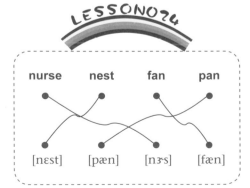

nurse　nest　fan　pan

[nɛst]　[pæn]　[nɝs]　[fæn]

LESSON 25

1. sing [sɪ ŋ] 唱歌
2. swing [swɪ ŋ] 鞦韆
3. king [kɪ ŋ] 國王
4. strong [strɔ ŋ] 強壯

LESSON 26

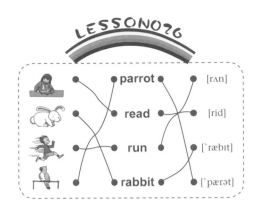

parrot — [`pærət]
read — [rid]
run — [rʌn]
rabbit — [`ræbɪt]

LESSON 27

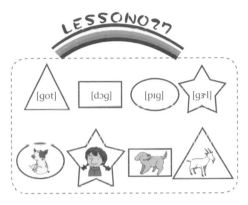

[got] [dɔg] [pɪg] [gɝl]

LESSON 28

3+2=? 附加（三單）
adds [æd z]

照片（複數）
pictures [`pɪktʃ ɚ z]

動物園
zoo [z u]

LESSON 29

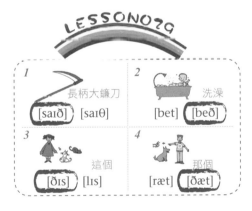

1. [saɪð] [saɪθ] 長柄大鐮刀
2. [bet] [beð] 洗澡
3. [ðɪs] [lɪs] 這個
4. [ræt] [ðæt] 那個

LESSON 30

1. van [v æn] 箱型車
2. vet [v ɛt] 獸醫
3. vase [v es] 花瓶
4. violin [ˌv aɪə`lɪn] 小提琴

LESSON 31

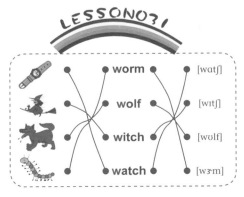

worm — [wɑtʃ]
wolf — [wɪtʃ]
witch — [wʊlf]
watch — [wɝm]

LESSON 32

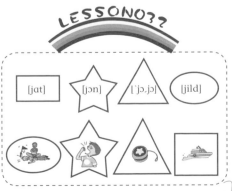

[jɑt] [jɔn] [ˈjɔˌjɔ] [jild]

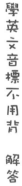

LESSON 033

本課無練習題

LESSON 034

circle [`sɝkḷ] ✓   face [fes] ✓

[`zɝkḷ] ☐   [feʃ] ☐

sofa [`zofə] ☐   swim [ʃwɪm] ☐

[`sofə] ✓   [swɪm] ✓

LESSON 035

fan [fæn]   fox [faks]   freckle [`frɛkḷ]

elephent [`ɛləfənt]  photo [`foto] phone [fon]

LESSON 036

1 河馬 hippo [`hɪpo]
2 馬 horse [hɔrs]
3 帽子 hat [hæt]
4 熱的 hot [hɑt]

LESSON 037

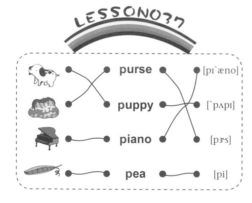

purse   [pɪ`æno]
puppy   [`pʌpɪ]
piano   [pɝs]
pea   [pi]

LESSON 038

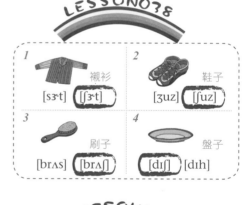

1 襯衫 [sɝt] [ʃɝt]
2 鞋子 [ʒuz] [ʃuz]
3 刷子 [brʌs] [brʌʃ]
4 盤子 [dɪʃ] [dɪh]

LESSON 039

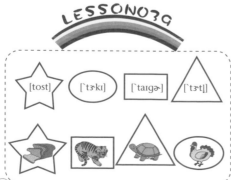

[tost] [`tɝkɪ]  [`taɪgɚ] [`tɝtḷ]

LESSON 040

1 追趕 chase [tʃes]
2 教堂 church [tʃɝtʃ]
3 椅子 chair [tʃɛr]
4 桃子 peach [pitʃ]

102

LESSON041

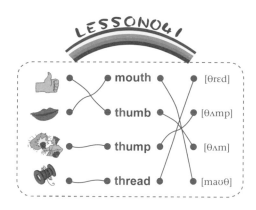

- mouth — [θrεd]
- thumb — [θʌmp]
- thump — [θʌm]
- thread — [mauθ]

LESSON042

1 學生 **student** [`st_ju_dnt]	2 電腦 **computer** [kəm`p_ju_tə]
3 音樂 **music** [`m_ju_zɪk]	4 大號 **tuba** [`t_ju_bə]

LESSON043

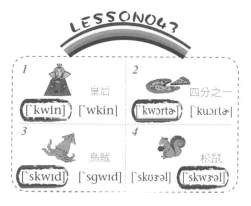

1 皇后 [`kwin] [`wkin]	2 四分之一 [`kwɔrtə] [`kuɔrtə]
3 烏賊 [`skwɪd] [`sgwɪd]	4 松鼠 [`skuɔʒəl] [`skwʒəl]

LESSON044

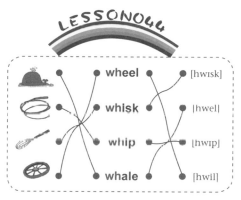

- wheel — [hwɪsk]
- whisk — [hwel]
- whip — [hwɪp]
- whale — [hwil]

LESSON045

1 箱子 **box** [bɑ_ks_]	2 狐狸 **fox** [fɑ_ks_]
3 長柄斧頭 **ax** [æ_ks_]	4 薩克斯風 **sax** [sæ_ks_]

台灣廣廈 國際出版集團
Taiwan Mansion International Group

國家圖書館出版品預行編目（CIP）資料

學英文音標不用背！/ 楊淑如著. -- 初版.
-- 新北市：國際學村, 2020.04
　面；　公分
ISBN 978-986-454-122-5
1. 英語學習　2. 英文發音

805.141　　　　　　　109001806

 國際學村

學英文音標不用背！

作　　　者／楊淑如　　　　　編 輯 長／伍俊宏・編輯／許加慶
繪　　　者／夢想國工作室　　封面設計／何偉凱・內頁排版／菩薩蠻數位文化有限公司
　　　　　　　　　　　　　　製版・印刷・裝訂／皇甫・秉成

行企研發中心總監／陳冠蒨　　整合行銷組／陳宜鈴
媒體公關組／陳柔彣　　　　　綜合業務組／何欣穎

發 行 人／江媛珍
法 律 顧 問／第一國際法律事務所 余淑杏律師・北辰著作權事務所 蕭雄淋律師
出　　　版／國際學村
發　　　行／台灣廣廈有聲圖書有限公司
　　　　　　地址：新北市235中和區中山路二段359巷7號2樓
　　　　　　電話：（886）2-2225-5777・傳真：（886）2-2225-8052

代理印務・全球總經銷／知遠文化事業有限公司
　　　　　　地址：新北市222深坑區北深路三段155巷25號5樓
　　　　　　電話：（886）2-2664-8800・傳真：（886）2-2664-8801
　　　　　　網址：www.booknews.com.tw（博訊書網）
郵 政 劃 撥／劃撥帳號：18836722
　　　　　　劃撥戶名：知遠文化事業有限公司（※單次購書金額未達500元，請另付60元郵資。）

■出版日期：2020年4月　　ISBN：978-986-454-122-5
　　　　　　2023年9月3刷　　版權所有，未經同意不得重製、轉載、翻印。